LA MAIN
DE FEU

DU MÊME AUTEUR

Poèmes

LES POÈMES, 1955-1975, Grasset, 1977 *(ce volume est la réédition de treize recueils ou plaquettes précédemment publiés chez divers éditeurs, et aujourd'hui épuisés).* Prix de l'Académie Mallarmé.

LA SÉRANNE, *avec des dessins de Raphaël Ségura* , le Mas Aubert, 1977.

CINQUANTE TOILES POUR UN ESPACE BLANC, Grasset, 1982.

COULEURS DU JOUR, Galerie Simoncini, Luxembourg, 1984.

UNE MAISON DE MIROIRS, Dominique Bedou édit., Gourdon, 1984.

LES VINGT-CINQ HEURES DU JOUR, Grasset, 1987.

Romans

LES NEIGES DE JUILLET, Julliard, 1963 *(épuisé).*

LA FORÊT BLANCHE, Grasset, 1969.

UN BON SAUVAGE, Grasset, 1972. Réédition, Presses du Languedoc-Max Chaleil, 1987.

L'HOMME DE SABLE, Grasset, 1975. Prix Renaudot.

LES SABOTS ROUGES, Grasset, 1979.

LE LÉZARD GREC, Grasset, 1984.

LES ENFANTS DE NOÉ, École des Loisirs, 1987.

MADEMOISELLE BLANCHE, Grasset, 1990.

LE PAYS HORS DU MONDE, École des Loisirs, 1991.

Nouvelles

LE SPHINX ET AUTRES RÉCITS, Éditions du Cherche-Midi, 1978.

L'ASSISTANT FRANÇAIS, Entailles-Philippe Nadal édit., 1988.

Livres pour la jeunesse

LES AVATARS DE PILOU, Delarge-Éditions Universitaires, 1977 (épuisé).

LE VOYAGE À POUDRENVILLE, Delarge-Éditions Universitaires, 1977.

HIBOU BLANC ET SOURIS BLEUE, École des Loisirs, 1978.

BLOUSON BLEU, Éditions de l'Amitié, 1980 (épuisé).

MYSTÈRE À PAPENDROCH, École des Loisirs, 1982.

HISTOIRES DE LA FORÊT PROFONDE, École des Loisirs, 1984.

POÈMES DE LA LUNE ET DE QUELQUES ÉTOILES, École des Loisirs, 1992.

Divers

RIVAGES DU SUD, *avec des photographies de Daniel Faure,* Presses du Languedoc-Max Chaleil, 1986.

UN JOUR COMMENCE, poèmes de Denise Levertov, *traduits de l'anglais et préfacés par Jean Joubert,* Les Cahiers des Brisants, 1988.

MONTPELLIER SINGULIÈRE ET PLURIELLE, avec des photographies d'Alain Gas, Éditions Équinoxe, Nîmes, 1990.

LA POSSONNIÈRE — SAINT-COSME : MAISONS DE RONSARD, Christian Pirot, 1990.

JEAN JOUBERT

LA MAIN DE FEU

poèmes

BERNARD GRASSET
PARIS

LA MAIN DE FEU

LA MAIN DE FEU

Un soir
à l'heure où dans les bois
les ombres se rameutent
il leva une main
et vit soudain ses doigts
s'étirer s'embraser
brûler au vent comme une torche
— mais sans souffrance ni blessure.

Puis avec un soupir
s'arrachant à la chair
le feu vola
tourna entre les branches
prit forme d'un oiseau
dont le plumage rouge
s'ébouriffait

tourna trois fois
mima la lune le soleil
la diligence de l'éclair

siffla souffla :
« Je suis ton sang, l'écriture du songe.
Attise, persévère ! »

Puis s'engouffra
dans la bouche noire de la terre.

LA TRACE

Approche de ta main
la feuille blanche :
brume étale sur la prairie,
plaine de neige où va s'inscrire
le pas de l'errant, le sillage de sa fatigue,

ou bien le lac, cette eau de lune
où tremblent des reflets
qu'un vent de nuit tord et disloque.

Ecoute,
penche-toi
et lève un peu, du même geste,
ta main veinée de noir
puisque la lampe veille,
qu'elle partage ombre et clarté
et tente une frontière
toujours poreuse.

Au loin, dans le silence,
un faible pas résonne,
trébuche, hésite
puis s'éteint sur la colline.

Que reste-t-il à dire ?
Tout, rien : double et même vertige.

Pose pourtant la pointe de la plume
sur la brume, l'eau, la neige.
Attends le signe que le destin diffère.

Etroit le temps, menue la trace
comme d'insecte sur le sable.

LES DEUX VERSANTS

à Denise Levertov

Tendre et fragile la lumière,
divin le fruit, l'arche d'amour,
comme le sein contre nos lèvres ;
et la forêt qui nous enclôt
dispense l'ombre des faveurs.
C'est vivre qu'il faut dire,
humer le vent qui nous parcourt,
serrer la terre en ses palais,
le corps ardent du jour.
Nous sommes lieu de noces et d'offrandes.
L'ordre fleurit. Des dieux menus
campent sous nos paupières.

Un rien déchire la splendeur :
coup de couteau, faille de l'insomnie,
remous du sang dans notre corps obscur.
Le soleil rage et l'arbre familier
comme un chien fou se dresse et nous étrangle.

Un homme tenaillé de songes noirs
se lève à l'aube, marche dans l'épouvante,
secouant en vain des guenilles de nuit,
se jette muet du haut de la muraille.
Ce qui s'écrase ainsi c'est le corps de ténèbres
portant en lui l'enfant de feu,

l'âme menue qui tremble.
Et la mer délaissée, l'amoureuse jadis,
tire un débris vers ses tanières.

Marchons pourtant sur ce chemin de crête,
assurons notre pas entre gouffre et jardins ;
qu'un vertige parfois nous sauve du vertige,
et que l'amour patient, l'écoute du murmure
— arbre de pluie, source secrète,
voix de femmes au loin dans la vallée —
à travers le péril nous guident, nous protègent.

LES AMANTS

Tandis qu'ils devisaient côte à côte sur le balcon
face à la ville où, dans le soir, brillaient
d'un soleil bas les champs de tuiles

— et le silence enfin creusait les rêves et les rues —

le ciel soudain s'emplit d'oiseaux
comme une chevelure immense déployée
qui s'étire, se tord, ondule dans le flot
d'un invisible vent :

étourneaux de l'automne
par milliers froissant l'air
d'un même élan de l'aile et sans un cri,

un seul oiseau
d'un vol inverse s'éloignant
dans le secret du jour.

Et les amants le suivent du regard,
oublient la torche sombre qui tournoie,

sentent monter le froid vers leurs visages.

L'EAU NOIRE

Ce lac serré dans le profond du corps
entre des rives invisibles,
invisible lui-même, réduit
à son murmure, à son odeur
de tourbe, de feuillage,

ce gouffre d'ombre médusé,

une lueur de biais
soudain le frappe, et c'est l'immense qui
surgit, le feu liquide
frôlé par des oiseaux de brume
qui le fuient.

Toi-même
prisonnier de ton balcon de lune,
les mains sur les genoux, les yeux
fermés, voyant alors en toi
l'autre lumière
et l'autre rive,
tu te penches
vers l'eau là-bas pesante
où passe un souffle qui l'anime
et tord les images mêlées
d'arbres velus, de lianes, de murailles.

Puis tout se fige, tout
se rassemble pour
parler.

Alors de l'eau fendue émerge
un corps géant de femme,
immobile, étendu :
visage, seins, ventre couleur de glaise,

qui lentement dérive sans un bruit,
comme un navire, la nuit,
tous feux éteints, quitte la terre
et s'enfonce dans l'inconnu.

LE VOYAGE

Ferme les yeux, appuie contre ton bras
ton front où le demi-sommeil embrume les images
comme jadis lorsque baissait le feu
et que le soir soufflait des mots de pluie.
Alors ta bouche caressait le livre
et le papier avait l'odeur perdue des aventures.
Tu dérivais comme le vent sur le jardin
où grince encore la grille, où le lilas
s'ébroue — car les choses aimées
survivent au regard. Tu dormais sous la lampe
et ton rêve mêlait la lande, l'amoureuse
et les chevaux courbés contre l'orage
d'une terre étrangère. Ainsi s'ouvrait,
dans le silence de l'horloge,
ce noir village resserré,
comme une fleur de tremblante lumière.

Une femme pose sa main sur tes cheveux.
Elle dit : Que fais-tu ? Il est si tard !
Puis te voyant tout emmêlé de songes,
hésite un peu, s'éloigne, plie des linges
pour ne pas rompre le voyage
que dans tes yeux elle devine.
Pourtant déjà t'occupent son visage,
son sillage ; tu clos le livre,
marques la page d'une plume.

LA TOUR

Dans tes rêves tu as longtemps gravi
une muraille à l'intérieur d'une tour,
un escalier de plus en plus étroit
puis rien que des fissures
où s'accrocher des ongles
pour s'élever un peu encore

un peu encore avec une terrifiante lenteur
jusqu'à ces pierres lisses
où, tâtonnant d'abord,
tu te figes
le dos au gouffre.

Que cherchais-tu ?
Nul souvenir là-haut d'une lueur
ni d'un appel, ou bien cela fut oublié.
Il fallait monter, rien de plus,
et rien n'était promis
sinon toujours l'attente et le vertige.

Tu ne rêves plus ce rêve.
A vrai dire, tu ne rêves plus.
Tu n'as pas renoncé pourtant,
même si ta force sans doute s'amenuise,
ou peut-être fallait-il une autre force
qui ne te fut pas accordée.

Cette tour doit bien se situer quelque part,
une très haute tour dans un désert
que ne mentionnent ni les livres ni les cartes.

RETOUR, AU CRÉPUSCULE

Tu marches dans la nuit : une avenue, des gares,
des wagons brûlés crachant des plumes,
un camion rouge échoué, une masure
et son double dans l'eau huileuse,
puis des platanes déhanchés dans la rafale
et le noir s'épaissit.

Les femmes sont debout sur la lisière,
les grandes louves,
qui ne bougent pas plus que la terre,
secrètes, devinées
à leur parfum de sueur, à leur
murmure.

La dernière pourtant,
frappée soudain par la lueur au loin d'un phare,
lève vers son visage
un miroir
où se reflète un œil,
un éclair bleu
vite emporté.

Si tu veux rejoindre le village,
veille à ne pas t'écarter du chemin,
de l'ornière droite où la boue
vaguement lunaire te guide.

Là-bas, près de l'église,
dans l'ordre des jardins,
bâille déjà l'ennui du jour futur.

LES BOIS BRÛLÉS

Les bois qui nous gardaient
du vent et des regards,
des maléfices,
flambèrent dans l'été,

furent coupés,
broyés, creusant l'espace.

Surgit alors une longue colline,
une montagne presque,
couchée sur l'horizon

et nue, non pas comme une femme
tendue vers la lumière
et que lèche le vent,

mais comme le gisant
blême, dépossédé, sur sa table de pierre,
pierre lui-même, cherchant, les yeux fermés,
l'ancienne route des ténèbres.

Pour nous, dans l'âge,
était venu le temps
de l'abandon

et déjà nous lisions sur cette marge grise
l'annonce du désert.

Chaque matin pourtant un soleil rouge,
immense, s'arrache de la terre,
monte droit dans le silence du jour.

MATIN D'HIVER SUR LES DOMBES

D'un soleil rouge dressé sur la colline
coule un feu pâle
sur le monde désert que le gel a figé.
Blancheur des rives et des glaces
où les oiseaux géants
érigent des statues.
Des arbres de cristal enchantent l'horizon.
De fins roseaux courbés
dessinent une étoile.

Mais un camion, couleur de sang,
surgit et gronde,
troue le silence,
disparaît,
frôlant sur l'aire où rouille une ferraille
la fille noire
— bottes de cuir, blouson et sombre chevelure —
qui, sans un geste, attend.

Vers quelle âpre tanière,
vers quel repli de givre,
va-t-elle tirer celui qui marche au loin,
l'égaré, l'ignorant,
qui bientôt tournera les yeux vers son visage ?

MAISON NATALE

Ce vent qui tout à coup s'élève dans la nuit
comme la voix blessée, comme l'haleine
de ceux qui ont laissé le seuil, qui ont lâché
le fil, aussitôt emportés dans cet espace sans espace,
dans une épaisse pluie de cendre où rôde et sombre
le vestige du feu tranché,

ce vent que l'on dirait de neige
sur les tulipes, les lilas
d'avril agenouillé dans le jardin,
assaille la maison, creuse les chambres vides,
voudrait parler, de mille bouches confondues,
voudrait souffler à celui qui se penche,
poreux soudain, dépossédé du corps,
la faible approche du secret.

Chaise nue, rideau baissé, poussière
et l'escalier où gît l'odeur ancienne.
Une impalpable main frôle la rampe,
hésite, s'évapore.
Un cheveu sous la plinthe étonne les fourmis,
et le manteau pendu près de la porte
mime l'absent, le geste inachevé.

Mais à l'aube le vent s'abat, lèche la terre,
la fouille, la partage,

crache ses graines, ses pollens,
et, dans la douce odeur de mort,
dessine la promesse d'un enfant.

HÔTEL DU LAC

à Robert Sabatier

Tu arrives un soir dans une petite ville
au bord d'un lac. Le brouillard de l'automne masque
l'eau immobile, et sur la rive gisent
des barques délaissées, des feuilles rousses, quelques
plumes. Des fantômes luisants d'arbres s'égouttent
sur l'allée où tu vas, dans le silence mou,
comme si tu flottais entre deux mondes. Pelouses
nues, bancs gris tachés de rouille, balle égarée
ornée de roses pâles où tu peux lire un nom :
Eric, tracé en lettres noires. Pas une ombre
pas un regard sur cette rive dépeuplée. Pourtant
la brume un peu se lève comme un rideau
sur un décor : l'hôtel désert, pesant, fenêtres
mortes, sauf, derrière le bar, la silhouette
d'une femme, dans la maigre lueur d'une lampe,
et un couple muet, assis à une table.
Scène de cire d'abord mais que dément,
tandis que tu t'approches, le geste las
de l'homme qui porte à ses lèvres son verre.
Sa main retombe. Tout à nouveau se fige.
La servante a-t-elle entrevu
à travers la vitre mouillée
ton visage ? On dirait que faiblement
elle bâille.

Vas-tu entrer, demander

une chambre improbable ? vivre ici médusé
dans la rumeur laineuse des nuages ?
— tes gestes ralentis, tes pensées
somnolentes comme de buée sur un miroir,
dans l'attente à peine d'une embellie.

Les livres disent pourtant que sur l'autre rive
se dressent des montagnes altières,
des cimes coiffées de neiges éternelles.

PAYSAGE
AVEC FIGURES SEMI-ALLÉGORIQUES

Ils sont touchants les amoureux qui, dans le soir,
bras dessus bras dessous descendent la colline,
marchant d'un pas pressé vers quelque bal.
Elle, les seins ronflants et pas trop dénudés
— mais juste assez pour qu'un passant les lorgne ! —
la croupe rebondie, la jambe paysanne
et le visage plutôt bestial plaisamment
dont un peu s'entrouvrent les « humides lèvres ».
Lui, bachelier, avec feutre noir et moustaches
et cet œil bleu, embué, dont il sait le pouvoir,
si bien qu'il presse la taille de la coquine
qui déjà plie et sans doute cédera dans quelque meule.
Au loin, une ferme avec des pigeonniers et des granges
et des bestiaux éparpillés sous les ombrages
d'un coteau où galope un menu cavalier
vers le soleil couchant posé sur une crête.
Des nuages vautrés miment mamelles,
fesses de nymphes, lits de plume.
Sur le talus croît une mandragore.
Ils sont touchants les amoureux de la colline
lorsque miaulent en bas bugles et violons !
Mais que fabrique à mi-côte derrière un arbre
cette vieille qui se démène et montre les dents ?
Elle rit et, d'un bras moussu, se coiffe d'une clepsydre,
découvrant sous la guenille une jambe
osseuse et noire, dont même un chien ne voudrait pas.

COL DU GRAND BOIS

Avant le col, un sanglier franchit la route
traînant derrière lui des guenilles de brume,
s'enfonce dans la futaie où la neige craque.
Nous connaissons la nuit déjà, la peur si proche,
puisque l'obscur aux roches se frotte
et que le ciel s'arrache chargé d'oiseaux.
Enfin voici l'auberge basse sous les arbres
que l'on croirait repaire sournois
d'assassins dont les cordes et les couteaux s'apprêtent
tandis que le voyageur tremble dans la soupente.
« Quel lieu terrible et noir ! » dites-vous,
mais je vous prends la main, je vous guide
vers le perron désert. Vous relevez un peu
votre jupe, vous frissonnez et, dans la cour,
la faible neige déjà brouille les traces
tandis que la voiture s'éloigne dans l'allée.
« Je viens d'ailleurs, dites-vous, de très loin,
je vous raconterai plus tard, vous entendrez,
vous écarterez le malheur. Cette rencontre
fut bénie, mais pourquoi fallait-il que notre route
passe par ces montagnes, pourquoi la nuit
si vite tombe-t-elle, alors que dans la plaine
s'attarde encore la clarté ? »
La porte s'ouvre, un feu brûle dans l'âtre,
des ombres devant nous s'inclinent.
Dans la chambre bleue, nous restons face à face

serrés dans le silence de la neige
qui, de langues légères, lèche les vitres.
Vous dénouez vos cheveux, écartez votre robe,
vos seins se lèvent, lunaires et glacés.

L'ÉTÉ INDIEN

Parfois, avant le monde gris,
flambe soudain d'amour un soleil bas :
la rose du dernier jardin.
Nous ne l'attendions plus ce feu dans le regard
ni la main délivrée du froid ni l'oraison
devant la nudité de l'arbre-femme enfin
dressée, vêtue de sa seule rumeur.
Car ce qui tremble à la cime n'est pas
vestige de feuillage à demi arraché,
rouille de sève, brume d'adieu,
mais la double élancée du silence et du corps
lorsque le ciel secoue la chevelure.
Eté, musique alors,
souffle du jour, comme dans la forêt
le cœur pressé pousse le sang
plus haut vers l'ombre qu'il éclaire.
Le vent respire. L'oiseau veille immobile.
L'homme à genoux embrasse la lumière.

Pourtant, très loin,
dans la nuit de la glaise,
gronde une gorge noire :
l'âme des vieux hivers, des gisants prisonniers
qui d'une main aveugle
tâtent les corridors où siffle la neige.

*

Posez sur moi votre main,
vos ongles rouges,
approchez votre bouche,
renversez
votre visage où passe
entre les cils le bleu de l'embellie,
persévérez dans votre grâce

et que se taisent, par pitié, dans leurs tanières
les vieux démons du froid,
mes ennemis, mes frères.
Qu'ils m'oublient un instant,
rien qu'un instant de leur éternité,
avant que sur
le dernier
feu
tombe
la
neige.

PRÉSENCE D'ISIS

à André Miguel

Homme rompu, brisé,
bouche dans le buisson de ronce et de chimères,
cheveux d'algue, cheveux de terre,

torse couché, roche parmi les sables,
main racine,
jambe couleuvre,

sexe perdu dans le bourbier
où ne rôde que le vent,
poussière d'ombre et de sang.
Et le cœur ?
Scellé sous quelle pierre ?

*

Vive, venue des terres rouges,
avec amour, avec patience,
glane, rassemble le débris
de ce qui fut un jour unique chair.

Porteuse d'aube, d'enfant,
écarte ta chevelure
et sur l'homme renversé
souffle parole et lumière.

VIPÈRES

Celui qui voit la vipère
à la corne du bois
sur un brasier de roc
voit, le temps d'un éclair,
l'embûche et le signe.

L'un dit : peste, poison,
triangle brut et langue noire.
Tueuse d'enfants, je la tue
et je la cloue aux clôtures
pour conjurer l'étoile.

Et un autre : Bête immonde,
lubrique, sortie du Livre
où depuis le drame elle dort
d'un œil, et prompte à surgir
pour cracher au vent le malheur.
Que l'on broie dans la poussière
sa tête pour les mouches bleues !

Un autre enfin : courbe savante,
éclat sombre d'un diadème,
saphir, béryl, rêve d'écaille,
sur son ventre coulée d'argent.
Il n'est rien de plus somptueux
dans la vitrine des bijoutiers.

INVISIBLE

elle approche ses mains de mon visage
ses mains nues
comme le vent.

Elle cherche du doigt
ma bouche mes paupières
elle écrit sur mes lèvres son nom de sang.

J'attends l'averse blonde,
l'orage,
l'embellie...

Rien d'autre que ses mains
qui volent
sous la lampe.

Son corps
est de l'autre côté de la terre,
de l'autre côté
du temps.

LA JEUNE FOLLE

A travers le parc elle court,
à demi nue,
échevelée,

s'accroche aux grilles,
lèche le fer, appelle
les voyous qui lorgnent et ricanent.

On l'arrache,
on l'entraîne, les mains liées,
vers la plus haute chambre.

On crie scandale,
on dit : Qu'elle se taise !
De sa chevelure on l'étouffe.

Noire dans sa beauté,
si jeune, si béante
et d'un sanglot brûlée,

comme une vitre où le feu brusque passe,
vite laissant l'obscur,

elle s'éteint.

Qui, se prenant d'amour pour sa détresse,
la mènera vers un autre jardin ?

Qui lèvera dans cette nuit
avant la nuit plus noire
une tendre, une tremblante lumière ?

FEMMES

La sainte du vitrail se gratte,
sort du corsage un sein
dont le bourgeon
s'enfle comme au printemps
l'annonce d'une rose.
Ah, quelle fleur de chair,
quelle tendre blessure
ici dans le secret de l'ombre se prépare ?
Et sur la bouche qui s'entrouvre —
lèvres mordues,
sang vierge qui rutile —
quel songe rôde
dont le baiser l'embrase ?

Sur son lit, la fille de joie,
souillée de sueur et de morsures,
dans la nuit chevelue s'endort,
se voit en rêve
grosse d'un dieu
qui bouge, qui la fend,
l'irrigue de lumière.

Femmes, je vous allie
d'un même élan, d'un même
amour,
dans la splendeur indivisée de l'aube.

D'UN OISEAU PRISONNIER D'UNE CATHÉDRALE

Une rosace immense
déploie l'aube d'un astre bleu.
Des femmes noires prient une vierge
noire, dans le parfum des lys.
Jamais la pierre dans l'obscur
ne fut plus proche des forêts.
L'oiseau s'y trompe,
glisse d'un vol courbé
entre les palmes qui l'enserrent,
et, sans un cri,
il cherche une improbable voie.

Visible à peine,
le voici à la cime,
poignée de plume et de désir,
dépossédé du ciel.

Enfin posé,
il orne d'une fiente
l'épaule de François,
prêcheur d'espace
dont le sourire s'est figé.

LA VISITEUSE

Celle qui vint par le défaut du jour,
la faille noire,
la porte incontestée,

baisse les yeux,
pose avec soin le Livre
puis s'inclinant s'efface dans la nuit.

Tu vois alors comme le Livre s'ouvre
où brûle un mot
flagrant et inconnu.

Il t'éblouit, éclaire ton visage,
indéchiffré, brusque présent de feu,
vite réduit à sa trace de cendre.

Si tu le prends, le Livre se fait pierre,
la Bête sort du règne souterrain,
darde vers toi sa lance de vipère.

Celle qui vint s'éloigne, se dissout,
ne laisse qu'un parfum d'encens,
l'ombre d'une aile, l'ombre de son sourire.

CLAIR DE LUNE

Voyez la lune se lever,
la lune pleine et voyez
comme d'un feu froid elle brûle
et comme vers son sein, son visage,
se hausse le paysage
intense, médusé.

Et voyez comme la nuit,
la grande reine immobile,
les yeux fermés se recueille.

Rien ne bouge, pas une feuille
pas un oiseau, et le vent
s'est étendu sur la mer.

La bouche close, l'hiver
épelle ce qu'un roseau
écrit du doigt dans le ciel.

Pâle empire du mercure,
secret des fauves et des mages,
ah, clarté d'un autre songe !

Ainsi dans la chambre mauve
la robe s'ouvre et délivre
le corps secret de l'amoureuse.

LE MONDE FROID

Comme si les feux ne pouvaient
que brûler bas dans le brouillard,
mêlant le gris au gris,
voilant la face d'un soleil lunaire.

Comme si l'arbre sur la rive,
le décharné, grondait
d'un perpétuel hiver.

Les femmes, dans les cuisines,
parlent bas, serrent des châles gris
contre leurs corps
que nul amour n'embrase et ne dévêt.

(saison de glace, de murmures,
de cœur plus sourd, battant dans le brouillard)

Tentons alors le mot *lumière*,
le mot *mémoire*, le mot *désir* :
beaux cavaliers lancés contre le froid.

LE SENTIER

Le sentier passe par des jardins,
des pâtures, des forêts profondes,
de hautes roches levées dans la lumière.

Il mène au même lieu que votre route.

Ici du moins le voyage
fut paisible, plaisant,
le ciel visible.

Le silence, l'odeur de terre,
l'arbre, le soleil, le vent
furent de justes compagnons.

Cela suffit pour notre force et notre gloire.

Le même lieu attend :
l'auberge des brouillards,
l'espoir d'un feu qui nous éclaire.

Nous en savons à peine plus que vous.

LA FEUILLE

Dans cette feuille sèche,
entre les pages des
poèmes

et rouge d'un vieux sang

s'ébrouent la branchc,
l'arbre et toute la forêt
d'automne dans le Maine

où passe échevelée la cavalière
sur le soleil toujours couchant

puis s'éloigne vers la maison,
vers la chambre, la porte noire
où la mémoire frappe en vain.

MATIN

(Agia Galini)

Sur la colline un âne brait
et le pope dans la chapelle,
chaulée de frais, portes ouvertes.

Des robes noires et des linges
flottent sur les terrasses.
Au loin la mer bleuit.

Puis l'autobus d'Iraklion
corne, ferraille sur la place,
s'acharne longuement sur des pentes aventureuses.

KAMILARI

Le pope Grégory
(« Le *pappas* ? La maison blanche,
là-bas, derrière l'église ! »)
m'offre une fleur de réséda
et, du bout d'une fourchette,
me nourrit du miel de ses ruches.

Midi sur le jardin fermé
où les raisins bleuissent sous la treille.
La barbe sombre et le feuillage
pareillement frémissent dans la brise.

RÊVE

La vipère dans le roncier
crie d'une voix d'enfant : « Fuis ! »
et je cours à travers champs jusqu'à la mare.
Le fantôme du chat glisse dans le brouillard,
le flanc troué,
laissant sur l'eau une trace de sang.
Il ne répond pas à ma voix,
s'efface dans la nuit des feuilles.
Haute forêt, buissons velus :
le seul refuge ici contre les meurtriers
qui brûlent la maison.
(Ainsi la guerre encore
rallume ses brasiers.)

Mon père, assis sur une chaise rouge,
fume en silence
et pleure
face au soleil couchant.

FABLE

« Du bist ein Dieb ! »
riait l'enfant, couleur de jambon frais.
« Tu es un voleur ! »

Le fils de l'ogre, dans la clairière,
jouait avec le fils du bûcheron
jusqu'au jour où, dans un instant d'oubli,

il le mangea.

Pris de remords
s'enfuit alors dans la montagne,
dans d'affreuses neiges s'égara,
mourut maudit par les étoiles,
sa chair impure dispersée,
ses os disjoints
réduits en poudre.

Seul son cœur
épargné
chaque nuit
brille sur les cimes.

CARRIÈRES DES BAUX

à Irwin Heyn

Cette fêlure, cette
fissure dans la pâleur
du roc, est, nous dit-on,
l'entrée du labyrinthe,

non pas porte velue,
gouffre denté qui broie
les corps aventureux

mais corridor
taillé par le couteau
géant des ruches ouvrières :

piliers de rêve
sans raison
et presque titubants,

si bien que la blancheur
y joue avec le gris,
le noir déjà qui nous aspire.

Un fil de feu nous guide,
un souffle pur
dont le parfum dissout

la crainte de la Bête.
Non pas ici la mort
mais le tissu de la lumière.

Et nous allons
portés par le silence
dans l'oubli.

Qui règne au centre ?
Quelle ombre qui nous tend
des bras,
                    des lèvres invisibles ?

ENFERMÉ

Enfermé dans l'opaque :
cube, cage, presque
tombeau,

le dépouillé de l'aube et de l'espace
respire un peu,
grommelle,
gratte une plaie que l'ongle irrite,

mange et boit,
rote,
engraisse.

A ses pieds gisent un couteau,
une ferraille, une
guenille.

Ailleurs roulent les astres et les âmes
qu'il ignore.

Un chant lointain pourtant
parfois l'effleure,
un souffle qu'il écarte,

ne sachant plus
le feu, le vent,
la voix de l'ange.

L'AUTRE LUMIÈRE

Comme une ampoule qui
grésille,
clignote,
chuinte
puis tout à coup
craque et s'éteint

— lune veuve
voilée de gris —

parfois défaille le poème,
grillant les mots,
lâchant la nuit sous les paupières.

Rien ne demeure.

Mais une autre lumière
de songe et de silence
bientôt baigne la main
où l'aube se rassemble.

HISTOIRE DE LA NONNE

Rebroussée par un vent brutal,
sa chevelure lui tomba
sur le visage,

l'aveugla, l'enivra.

C'était avril,
le temps des rages,
des errances.

La nuit soufflait des spectres,
de grandes mains mouvaient
des ombres de caresses.

Les yeux fermés,
dans le désir,
elle embrassa le vent,

vacante, s'égara,
connut la griffe,
la morsure,

enfin vit se lever
au plus obscur
un œil géant.

Alors la chevelure fut tranchée,
le front voilé,
le corps serré dans un fourreau de glace.

Et celle qui

tournée vers le miroir
vit se pencher sur son épaule
un visage

— visage d'inconnu
barbe et regard d'orage —

mais n'éprouva
ni trouble ni
terreur.

Du bout du doigt
il touche ses paupières,
s'incline, se
dissout.

Elle ouvrira les yeux
sur la chambre mauve,
sa bouche enfantera
des mots de lumière.

CAVALIER DE BRUME

Ce que tu vois,
ce que tu
bois,

ce qui frôle ta paupière,
pèse dans ta main,
s'allège,

ce qui te lisse, te ploie,
ce qui gronde
puis s'apaise,

ce qui lèche le feuillage,
fend la graine,
la partage,

ce qui parle à ton oreille
et ne dit rien
que le vent,

ce qui glace,
ce qui brûle,
ce qui te vêt,
te dénude,

c'est le sang et c'est la chair
de l'oublié,
du cavalier de brume.

PONT DE BOIS
SUR LE TORRENT DU DRAC

Passé le pont
que sommes-nous,
quel écho de nos songes ?

Nos pas résonnent
sur les planches,
l'eau grise souffle une ombre,

sur la forêt
l'oiseau décoche
un dernier cri.

Et quel silence alors
quelle clarté nous broient
dans cet espace sans espace

où silence et clarté
se fondent, se dissolvent
dans l'indicible froid ?

Que sommes-nous, perdus
sans rive ni mémoire —
transparents,
immobiles ?

tandis qu'ailleurs
l'eau glisse entre les arches
et que l'oiseau aveuglément poursuit son vol.

LES DIEUX

L'arbre n'est plus que l'arbre :
feuillage, branches, sève —
silencieux, déserts,

la pierre s'est fermée
sur les soleils défunts

et l'oiseau de jadis, le diseur de lumière,
ne livre au vent qu'une poignée de plumes,
le vide de son cri.

Que Dieu l'immense,
que l'Esprit d'aveuglante splendeur
n'écarte pas,
n'égorge pas

les menus dieux
blottis dans les replis du monde

qui, pour notre regard,
furent longtemps les humbles messagers,
les visibles reflets de l'invisible roi.

LA RIVIÈRE

Ici le vent,
ici la trace de ma main
sur le sable.

J'écris le vent,
j'écris ce qui s'efface.

Le vent écrit sur l'eau
des songes, des nuages,

efface l'ombre
qui m'efface.

Le jour s'achève
dans une transparence,

laisse sur l'eau l'invisible du vent.

LE VOYAGE INTÉRIEUR

Franchis la peau
la chair
longe le sang.

Ecarte le buisson de nerfs
les branches d'os
les assassins.

Force la nuit
ses pièges ses
tambours.

Garde-toi
si tu trébuches.
Si tu t'égares
interroge.

Un fil rêvé te guide dans l'obscur.

Rejoins, perdu, le centre du vertige,
le feu caché
l'irréductible point.

QUE CHERCHE-T-ELLE ?

A minuit craque
et tremble la
maison

comme si la forêt
d'un bond sur le toit
s'était assise

griffant les murs
pesant sur les
soupentes

Nul orage pourtant
nulle épouvante
dans le noir immobile

Mais la porte soudain
s'ouvre s'emplit
du bout géant d'un

mufle dont les naseaux
bougent et
flairent

Puis paisiblement plutôt
la bête souffle
et tire une langue rose.

ENFANCE

Enfance sans église,
sans vêpres, sans
entraves.

Un dieu brigand
écume les greniers,
rameute aux cimes ses

vautours. O l'innocence
du jardin, des vieilles
mains sur les genoux

délivrés des prières !
Buées d'amour, et la lessive
au ciel où vole l'enchanteur !

Il n'est dans le miroir
que légendes, nuages
et beaux visages

des femmes qui, penchées,
cousent à la
fenêtre.

La terre parle, la nuit
s'ébroue, les loups
mâchent l'orage.

Une forêt t'enseigne
sa lumière,
le signe du partage.

LES DORMEUSES

à Cécile Muhlstein

Sur l'autre rive, sur la terre imprécise
qui borde une eau peuplée de monstres écailleux
dont les cuirasses et les becs luisent de fange,

dans une tendre lumière grise,

gisent les dormeuses.

Des linges enroulés, des cordes et des sangles
les enserrent et les protègent.
Leurs yeux sont clos ou bien sous la paupière
stagne le regard vide et blanc des statues.

(Ainsi parfois, dans la lumière louche de l'aube,
nous avons cru voir sur le sommeil d'un visage
le masque paisible de la mort)

Ce sont les amoureuses, toujours belles, qu'emporta
le temps, qui est un autre nom de la mort,
sans effacer pourtant la forme des corps,

mais leur regard est immobile, perdu
dans l'au-delà transparent de la chair,
et leurs lèvres ne savent plus sourire.

De longs voiles légers les effleurent
comme ces fils de la vierge qui vêtent les prairies
et que la rosée du matin faiblement éclaire.

Est-ce la torpeur lorsque s'efface le désir
comme une eau bue par mille bouches de sable
et qui ne laisse qu'une mince trace rose ?

Ou bien est-ce un sommeil sans rêve ni mémoire ?
Le coq a oublié de chanter,
le jour ne se lève plus sur les paupières.

Ou bien encore, dans des limbes grises,
l'attente infinie du rédempteur ?

A quoi bon tenter le geste qui délie et rassemble ?
Les paroles non plus ne serviraient à rien
et même une caresse, un baiser
sur des lèvres que l'on dirait de glace
ne pourraient les inciter à nous suivre.

Un appel au loin monte du rivage vert
une voix pressante, qui dénoue
nos yeux de la houle grise des visages.

Lorsque nous reviendrons, à l'heure du couteau,
que ce soit avec le même visage lisse
et que le vent de neige qui nous figera
nous donne pour l'éternité un jeune corps.

Alors, étendus, dormeur contre dormeuse,
d'un dernier geste nous poserons
notre main sur une main de pierre.

LA PORTE DU SOLEIL

Lorsqu'il faudra sortir du monde vert
que ce soit par la porte du soleil,
la gueule du lion qui tourne et flambe
sur les parvis de sable,

que ce soit par des chemins de feu,
le rugissement et l'orage.

Laissons la terre aux larves, aux racines,
à la moiteur des naissances futures.

Laissons l'air qui nous trompa.
Dans le ciel où rôde la foudre
un ange bleu s'évapore.

Et que l'eau fume, la sorcière,
sur les laves incendiées.

Dans l'au-delà de la peur
règne un dieu nu
dont la mâchoire brûle.

MORT D'EMPÉDOCLE

Empédocle plongea,
les bras ouverts,
comme un oiseau de feu
dans le feu,

glissa, vola,
fut avalé
d'un coup par cette bouche de la terre
où grondent confondues
l'origine et la fin,

d'un coup il fut happé,
changé en roche noire,

jeté sans ombre ni mémoire
dans l'indicible clarté,

tandis qu'au loin,
dans la ville des hommes,
bruissait toujours
sa parole.

J'APPRIVOISE LE FEU

J'apprivoise le feu,
dans l'âtre je l'enserre,
je l'attise, le dénoue

sur le lit de braise vive
où se tord la chevelure
des flammes inapaisées,

et il monte de la sève
un bruit d'eau, un bruit de lèvres,
la promesse d'un baiser.

Si la bûche se fissure,
dans son ardente blessure
s'éveille un parfum d'amour.

Ouvre-toi, feu, et respire
ce qu'il reste de désir
dans la fatigue du jour.

A LA FRONTIÈRE

Celui qui tâtonne à la frontière
dans une forêt confuse de bouleaux
où çà et là l'œil noir d'un merle brille

sent la peur agrippée sur ses épaules
comme un petit fauve vorace tombé des branches
et qui lui mord la nuque dans le brouillard.

Il ne sait même pas s'il est en terre étrangère
ou s'il a tourné en vain tout le jour
dans ce bois sans borne ni repère,

revenant peut-être vers ce qu'il fallait fuir
et qu'un regret poignant soudain éclaire
comme d'un dernier rayon avant la nuit.

Entre ces deux pays la terre est périlleuse
bien que l'on ne voie ni barrière ni soldats
et que paisiblement plutôt frissonnent les feuillages.

Dans le ciel flou, pas une étoile qui le guide,
pas un sentier d'homme ou de bête où se risquer.
Il s'arrête, égaré, s'essuie le front, mâche une croûte.

Et que lui reste-t-il encore à vivre,
combien de battements de cils et de cœur
avant le cri et le coup de feu dans la neige ?

TROIS CHEVAUX BLANCS

Trois chevaux blancs sous ma fenêtre
paissent le champ de la morte
où les oliviers s'embroussaillent.

Elle disait : « J'ai vu, la nuit,
votre chat noir sur la crête du toit,
contre la lune. »
Elle croisait ses doigts pour conjurer,
brûlait des cierges, flairait la mort,
lisait dans l'insomnie les saints et les sorcières.

Elle disait, serrant les poings contre son ventre :
« J'ai un feu, là, qui me brûle. »

Elle mourut dans un décembre de lumière,
fut portée jusqu'aux cyprès de la colline
où l'attendait la pierre qu'elle avait dessinée.

Sous ma fenêtre, elle avait fait planter
un peuplier,
pour la beauté des feuilles, du murmure,

que, lui aussi, le feu brûla,
et qui mourut.

Les chevaux paissent entre les ronces,
hennissent, montrent les dents,
agitent leurs crinières.

Je les entends, la nuit,
au pied de la muraille,
qui rêvent et respirent,
tout près,
comme si nous partagions le même lit,
nos corps mêlés,
nos yeux pleins de fantômes et de larmes.

ROUGE-GORGE

Gorge de reine rouge,
l'oiseau,
le familier,
dans le matin, ponctue le givre.

Il n'emplit pas le ciel d'une clameur
ni ne déploie d'ailes d'archange
ni, de son vol,
ne tisse une légende.

Un feu secret l'occupe sous la plume.

Nul ne le voit
qu'un œil dépossédé
des rites de la terre

mais possédé de l'aube
où passe comme un songe
sa menue flamme enceinte d'un brasier.

Beauté ardente et frêle,
la rose de décembre
sauve l'hiver des ombres, des terreurs.

Sur le roseau qui penche dans le froid,
pèse à peine le cœur léger,
l'offrande pure du silence.

TOUS LES POÈMES QUI...

Tous les poèmes qui ne sont jamais
nés, qui ont juste montré le bout de
l'oreille, se sont brouillés, dissous, perdus,
bus par la terre obscure où les larves
des limbes, les menus fossoyeurs, ont vite
dévoré leur chair à peine chair, rendu
les yeux encore aveugles à la nuit.

Tous les poèmes de l'impasse et du naufrage :
brusque désir, souffle d'un mot, appel
dans la forêt pour que les songes se
rameutent, aube d'un chant comme d'oiseau
à la lisière, qui s'enfle, qui s'efforce
et puis soudain trébuche dans le gris.
La brume tombe, il pleut des feuilles et des cendres.

La main faiblit, le cœur s'est détourné
comme celui qui apportait le pain et la parole,
sur un caprice ou sur un ordre obscur,
change de route, et l'on entend son pas
qui peu à peu s'éloigne sur les pierres,
s'efface, nous laissant aux bassesses du jour.

Tous les poèmes qui ne sont jamais nés,
dont la poussière rôde dans le revers du monde :
paroles d'ombre pour les ombres...

Nous devinons parfois dans le sommeil
leur frôlement et la double rumeur,
comme s'ils imploraient de nous une terre d'asile,
une autre chance d'exister.

L'ARRIÈRE-SAISON

LES ÉLÉMENTS

Dans la terre
il jette le grain
d'où naîtra l'enfant aux yeux verts.

Il demande à la dormeuse
l'eau des rêves, l'océan,
ses monstres, baisers, sirènes.

Il prie le vent de traverser son corps,
de délivrer le cœur
obscur de ses entraves.

Il rêve que le soleil
est une femme rousse
puis noire
puis un lion qui le dévore.

LE BAISER

Je te voyais sanglante dans la neige
vêtue de lourdes robes
laissant
une sinistre trace.

Longtemps les loups flambèrent à la suite
longtemps grinça la nuit.

Je t'apporte la torche vive
l'arme limpide
le baiser.

LE RÊVE

J'entre dans ton jardin,
j'y rôde.

Partout des roses des
feuillages.

Ah, bonheur !
Mais toi, penchée :
« Rien, me dis-tu, n'est immortel. »

L'APPEL

A la cime de la tour blanche
la chevelure est drapeau
déployé, couleur d'automne :
feuillage roux, écureuil.

Immobile paysage,
ni le ciel ni la mer ne tremble.

J'entends la voix silencieuse,
le chant de l'arbre,
sa promesse.

Ah, porteuse de délice,
je t'écoute, je répondrai.

L'ÉPAULE NUE

D'une épaule nue
le désir bondit
comme un léopard

s'agite sous les feuilles
mord une branche
crache une plume

et le ciel
aux palmes
s'ensanglante

La nuit très vite tombe
Est-ce l'hiver ?
l'annonce des tempêtes ?

Un châle masque le soleil

(Tourne les yeux
ouvre le livre !)

LE CIMETIÈRE SUSPENDU

Que glisse un peu la terre
et tous les morts dévalent
vers la route

jeunes morts et vieux morts
stupéfaits
confondus

vêtus de glaise et de
guenilles
sous la pluie noire de novembre

Mais de leur sein bondit
une renarde
ardente et vive
couleur d'automne, de fougère
qui aussitôt secoue sa chevelure
lèche le vent
s'élance vers le cœur béant de la lumière.

DÉLIVRANCE

La lune
enceinte d'un
serpent

tombe dans le verger,
s'ouvre
expulse la bête

Femme, n'écrase pas
la tête qui rougeoie,

laisse flamber ses yeux,
accepte son étreinte.

La haute nuit alors
t'embrase et te délivre.

L'ONGLE ROSE

Autour des murs,
aux vitres, sur le toit,
grouille la meute obscure des démons.

Dans la chambre brûle droit
l'âme menue
de la nonne.

En vain soufflent des bouches noires.
La mince flamme
veille en sa candeur.

Baisons la main de chair,
l'anneau sacré,
l'ongle rose où s'inscrit le feu.

LA BÊTE

Ce qui grognait dans le roncier,
ce qui
soufflait aux fentes grises,
mêlant la plainte et le blasphème

soudain se tait
peut-être s'est enfui
comme un rôdeur, sentant les chiens,
renonce à son forfait,
s'enfonce sous les branches.

Le vent se dresse,
secoue des palmes blanches.

LE JARDIN

Allons vers le jardin
et l'arche de la rose.

Un arbre y berce un enfant de lumière.

L'ombre enserre la racine
que travaillent des bêtes blanches.

LA TENTATION

La parole
va-t-elle trembler
au bord du ciel ?

et la bouche apprêtée
à la louange,
à la prière,

versant soudain
dans un repli
de la mémoire,

baiser dans l'ombre
le sein rose
de l'orante ?

Ardente déchirure,
fente basse du soir sur les collines

LE CYGNE

S'ils tuent le cygne sous la lune,
s'ils le pendent aux branches noires,
si l'eau se brouille de sang,

l'aube jamais ne sera plus la même.

Nos enfants
et les enfants de nos enfants
pleureront des larmes de neige.

LE CANCRE

Celui qui est assis tout près du Maître
voit la lisière et les boutons de son manteau.

Celui qui est debout au fond près de la porte
voit tout le corps tout le visage

et le ciel au-delà dans la fenêtre
et l'œil de l'unique étoile.

LE MIROIR

La nuit parfois
dans le miroir
vole l'âme des invisibles.

Et le veilleur, l'ignorant,
croit saisir l'ombre d'une aile.

Nul cri pourtant,
nul souffle dans la laine.

Sur le miroir
à peine une buée de sang.

LE VOYAGEUR ÉGARÉ

L'aveugle dans la nuit s'avance
tâte le vent frôle les branches
et sans peine suit sa voie

alors que toi dont les yeux sont clairs
et qui croyais connaître les signes
tu trébuches faiblis
t'égares

te retrouves à l'aube glacé
sur un rivage inconnu
où se lèvent des oiseaux noirs.

DANS LA PRAIRIE

Si
sur ton visage se pose
un vol de papillons noirs

ne bouge pas
respire à peine
deviens arbre buisson rocher

la visite n'est pas funèbre

Chaque aile porte à sa lisière
l'empreinte d'un feu léger

(Tel y voit le beau présage
de la nuit transfigurée)

LA PRIÈRE

Sanctifions ce jour
couleur de menthe de
groseille

Sanctifions nos
cœurs et nos
paroles

et plus tard nous mourrons
très doucement
portés par l'eau divine
sans rive ni regret

LA TOURTERELLE

Sur le toit la tourterelle
roucoule,
souffle un songe.

Sa voix dans l'âtre vide
s'enfle, résonne,
irrigue la maison.

Ni flamme ni visage
ni main tendue qui tremble.
Le silence, le froid des chambres délaissées.

Le même oiseau pourtant
— le même, l'inchangé —
et dans le jour naissant
la tendre voix des morts.

AUBE PLUS CLAIRE

Pour avoir longtemps marché
sa robe ouverte
dans le vent

elle revint
enceinte
d'un enfant de feu.

Ainsi les dieux
soufflent des fils
aux filles de la terre.

Je te salue, je te bénis
clarté
dans l'arche de la rose

LA CORDE

Lancée, dressée,
la corde
au ciel s'agrippe

où l'esprit grimpe
vers un lieu pur
et délivré des voix.

Le temps tourne,
la brume gronde,
dévore ciel et terre.

Plus haut — vertige.
En bas, très loin,
le bruit d'un chien qui rage.

L'ADIEU

Arrachons-nous à cette pluie,
à sa douceur d'enfance,
à ses bourbiers

et que la femme échevelée,
sa bouche bleue
s'effacent

comme dans l'air
l'eau fade
que l'on crache.

L'âme s'allège,

gravit la pente sèche
où ne couve au loin
que le feu.

LE SOUFFLE DES MORTS

Je sens le souffle des morts
sur mon visage.

Vous m'avez dit :
Ne les redoutez pas,
ne les repoussez pas
mais demandez...

Je demande l'intercession des morts
dans la nuit où nous sommes,

leur si faible,
leur si tendre lueur.

LE DOUBLE FROID

Demande,
efforce-toi,

bien que l'orgueil te tienne
comme le gel tient la terre
alors vêtue de glace, d'anathèmes.

Supplie le vent, implore qu'il desserre
le double froid,
la trompeuse splendeur.

L'infime croît,
le rouge-gorge est le pardon du jour.
Dénouée, à contre-nuit,
une robe enchante le ciel.

Vaste est la joie où le chemin se perd.

LA FLAMME BLEUE

C'est sur le noir, le
roc
que brûle cette faible flamme :
brandon, chandelle ou torche
qu'un vent sorcier tourmente.

Signe ? Vestige ?
Âme peut-être
impérissable alors
d'un corps de feu que la terre a repris.

La nuit s'accroît,
assaille la promesse
tandis que dans le froid
les gouffres bâillent.

Un ange vient
et de ses mains protège
la flamme bleue qui tremble.

UNE MAISON DE MIROIRS

Œuf
sein de craie
vertige du commencement

*

Toits de brume
sentier sueur
odeur de menthe sur les cimes

*

Depuis quand marches-tu ?
Dix jours dix ans
dix siècles peut-être

*

A la pointe des nuits
rossignol
dans ta cage de lune

*

Croyant porter l'enfant blessé
quel poids soudain !
la terre et les étoiles

*

Matin de neige
Quel manteau
quel visage prendre ?

*

A la porte du cimetière
un enfant joue
avec les petits morts

*

Une robe à contre-soleil
comme une main
passe sur une flamme

*

J'hésite entre un mur nu
un sein nu
le bonheur et le bonheur

*

Rêvé de toi
deux nuages
couleur *cuisse de nymphe émue*

*

Eau du miroir
Ta bouche y nage
rouge et nue

*

A la saison des feuilles noires
nous avons fait serment
de ne plus joindre nos bouches

*

Bouche blessée
craint les embûches
les ruches les baisers

*

Soir de bataille
Les tigres dorment
sous les roses

*

Arbre mort
une biche noire
a brouté ton cœur

*

Que vois-tu lézard rôdeur des murailles ?
L'eau rêvée le cœur
la bonté future

*

J'appelle roi
celui qui règne
sur un cil

*

Nuit d'orage
Trois loups pendus
aux mamelles de la lune

*

Quel dieu nous porte resserrée
la graine noire
où le jardin commence ?

*

Ouverte l'amoureuse
est une figue rouge
dans le jardin d'hiver

*

Voici que monte
en robe de bal
le mot *bulle*

*

— Où couchent
les mouches ?
— Dans ta bouche

*

Sur la terre rouge
neigent
les colombes

*

Elle a vieilli la colombe
elle n'égale plus la neige
Tout l'apeure nul ne la piège
Accablante liberté

*

Ombre sur l'eau
insaisissable amour

*

L'oiseau rallie
son double de lumière

*

La nuit
la roseraie
rassemble son parfum

*

Le silence
est le secret des pierres

*

A la trouée du jour
l'image de la roue

*

Le chat noir est assis
près des tulipes rouges
Il neige

*

N'écoute pas
le cri de l'épervier
à l'heure du grillon

*

Le souvenir est maison de miroirs
La dame noire
y promène des lampes

*

Qui voit l'éclair voir l'instant
de son plus grand désir
l'écroulement du ciel qui le nie

*

Amphore blonde enceinte de nos songes
l'eau qui sommeille
y est couleur de sang

*

Plus le temps va
plus nous vivons
dans l'épaisseur des morts

*

Entre le corps et l'ombre
l'angle divin
la chance de l'orage

*

Au bois d'amour
de feu
l'arbre se fend

*

Tisons
que se taise
la raison des braises

*

Il y a un puits
au cœur de toute prière

*

Sur la chaux
les mouches bleues
disent la mort

*

Rien ! Une graine
la terre ouverte
la pluie qui rôde

*

Devenir chat cerise ou merle
dormir d'un œil faire noyau
siffler

*

Gel brusque
vent du nord
et l'arbre se dévêt

Nue désormais
l'image agenouillée
dans le torrent de lumière

*

Neige sur
neige
et silence du sang

L'hiver dément
les roses de septembre

*

Nuit de lune
de
silence

La montagne a posé
un doigt
contre ses lèvres

*

Le voyageur prend la route du Nord
Sur la montagne bleue
la lune se lève pour la dernière fois

TABLE

Achevé d'imprimer en avril 1993
sur les presses de l'Imprimerie BUSSIÈRE
à Saint-Amand-Montrond (Cher)
pour le compte des éditions Grasset
61, rue des Saints-Pères, 75006 Paris

N° d'Édition : 9131. N° d'Impression : 791.
Dépôt légal : avril 1993.

Imprimé en France

ISBN 2-246-47581-3